i Phil, Manon a Gruffudd
Sioned

i Melangell, Morfudd a Nyfain
Bethan

Ffwlbart Ffred

Yn Dywyll fel Bol Buwch

Sioned Wyn Roberts

Arlunwaith gan Bethan Mai

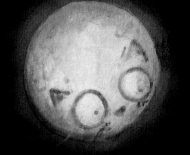

Cyhoeddwyd gyntaf yng Nghymru yn 2021 gan Atebol Cyfyngedig,

Adeiladau'r Fagwyr, Llanfihangel Genau'r Glyn, Aberystwyth, Ceredigion, SY24 5AQ

Hawlfraint y testun © Sioned Wyn Roberts 2021

Hawlfraint yr arlunwaith © Bethan Mai 2021

Hawlfraint y cyhoeddiad © Atebol Cyfyngedig 2021

Anfoner pob ymholiad hawlfraint at Atebol

Dyluniwyd gan Dylunio GraffEG

Golygwyd gan Adran Olygyddol Cyngor Llyfrau Cymru

www.atebol.com

ISBN 978-1-913245-41-2

Dymuna'r cyhoeddwr gydnabod cymorth ariannol Cyngor Llyfrau Cymru

Mae ffwlbart Ffred yn caru cwstard,
uwd poeth, menyn a chaws efo mwstard.

Ond mae'r ffrij yn wag, 'sdim pwdin reis,
hufen iâ siocled nac ysgytlaeth oer, neis.

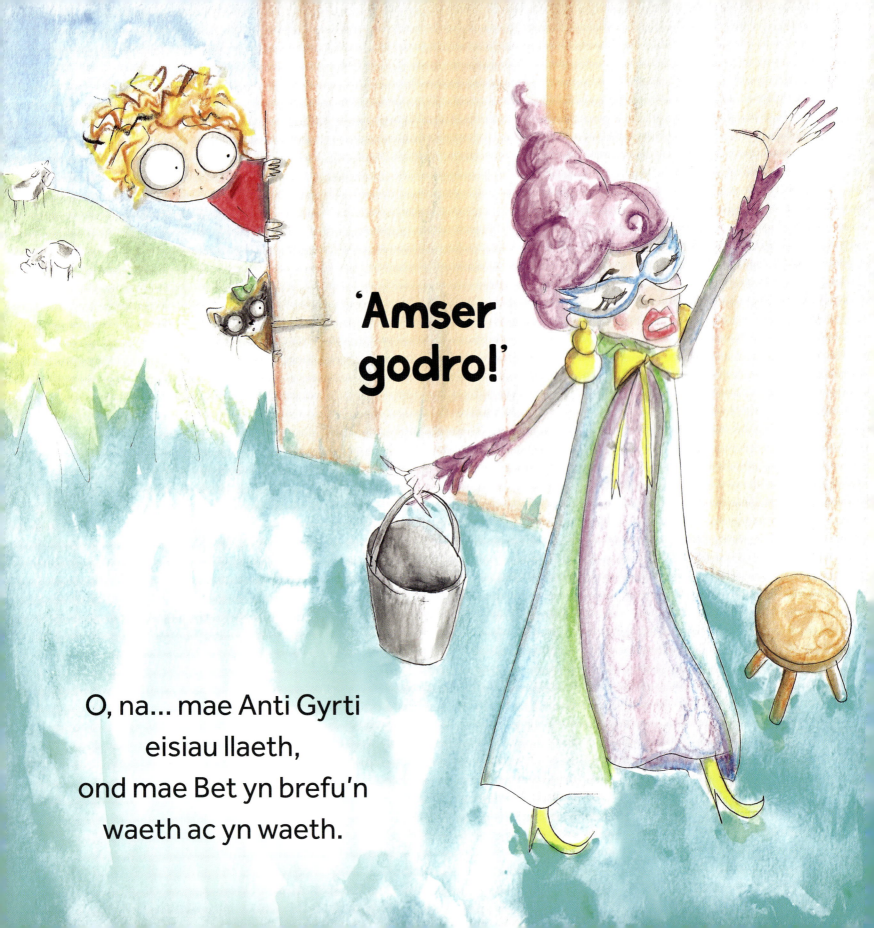

'Amser godro!'

O, na... mae Anti Gyrti eisiau llaeth, ond mae Bet yn brefu'n waeth ac yn waeth.

Bechod!

Mae'n swp sâl, does dim llaeth yn ei phwrs,
a heb jiws buwch 'sdim caws nac uwd, wrth gwrs.

Trodd Bet yn biws tywyll â smotiau mawr glas,

wedyn gwyrdd fel pys slwj – roedd hynny'n beth cas.

Chwysu

chwartiau un munud

ac yna'n

rhynnu,

ei dannedd yn

clecian,

a'i choesau yn

crynu.

Funud nesa, mae'r ffwlbart wedi gwisgo fel fet
efo stethosgop mawr i helpu'r hen Bet.

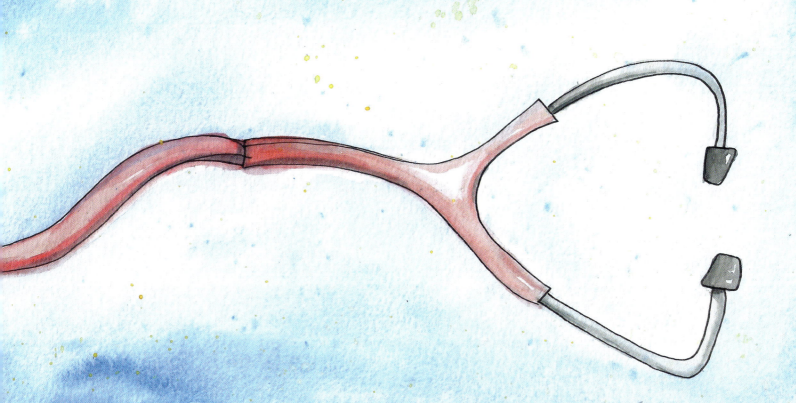

'Dweud mww,' meddai Ffred 'a gwna ddigon o dwrw.'
Ac fe sbiodd y ffwlbart reit lawr ei chorn gwddw.

Yna dringodd i'r geg ddu yn gwbwl ddi-lol,
stwffio heibio'r tonsils a syth lawr i'r bol.

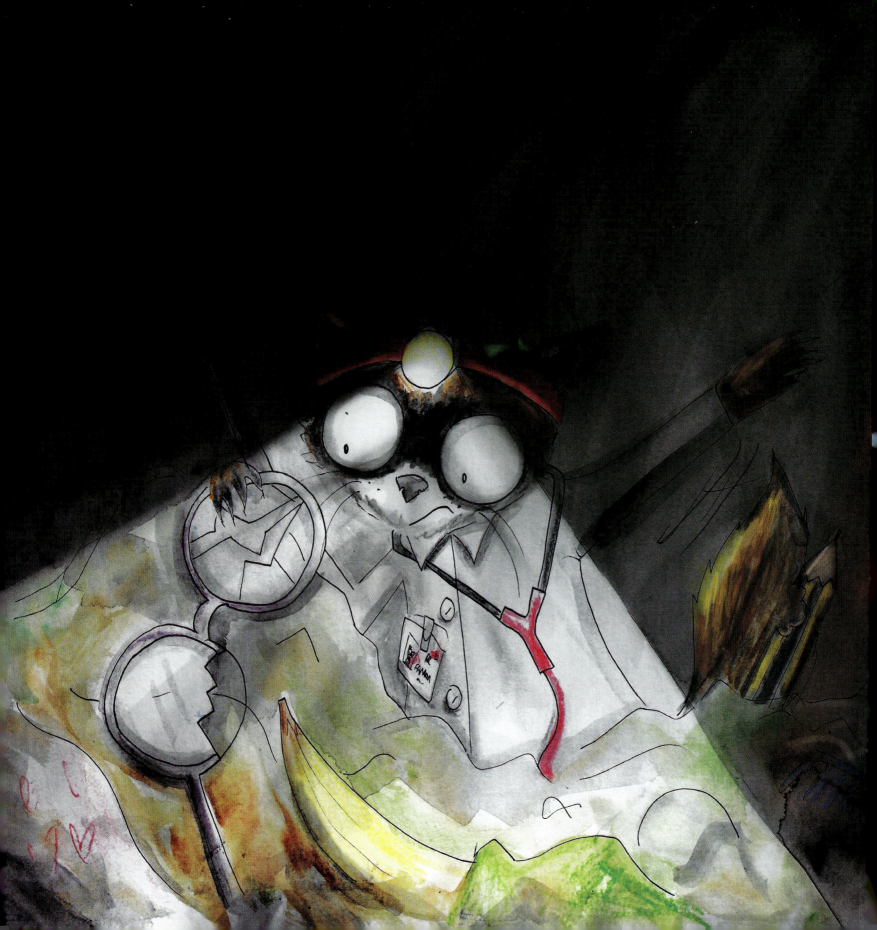

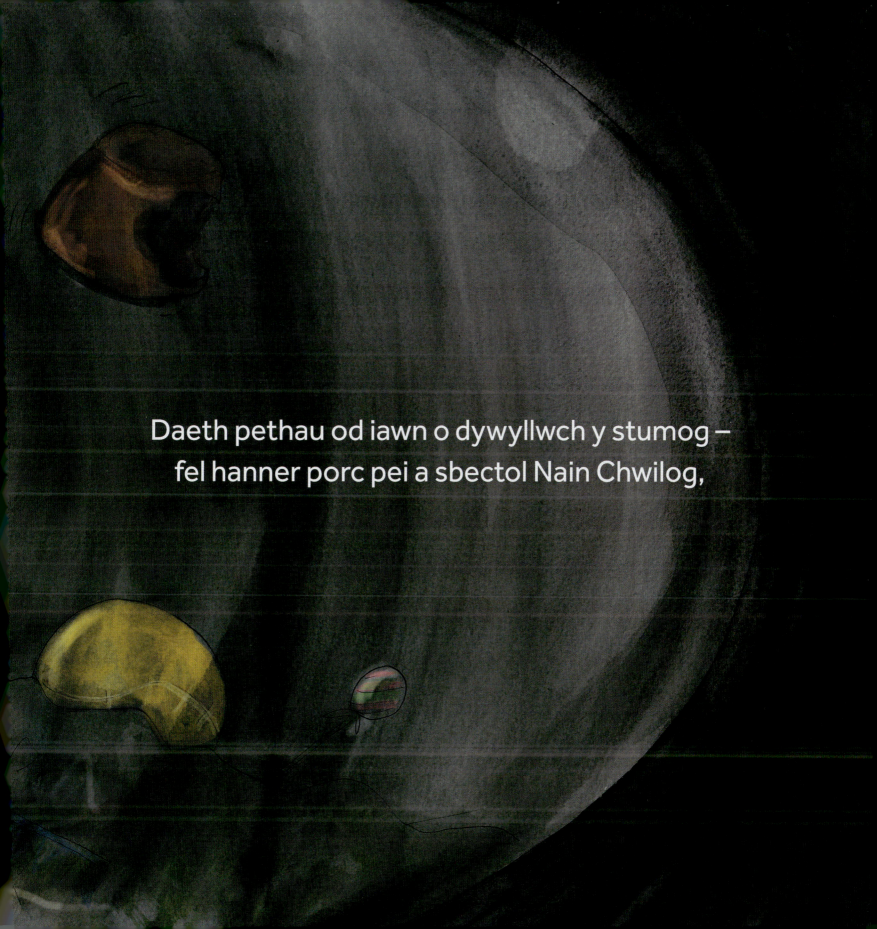

Daeth pethau od iawn o dywyllwch y stumog –
fel hanner porc pei a sbectol Nain Chwilog,

dannedd gosod,

trôns Taid

a wig Yncl Byrti,

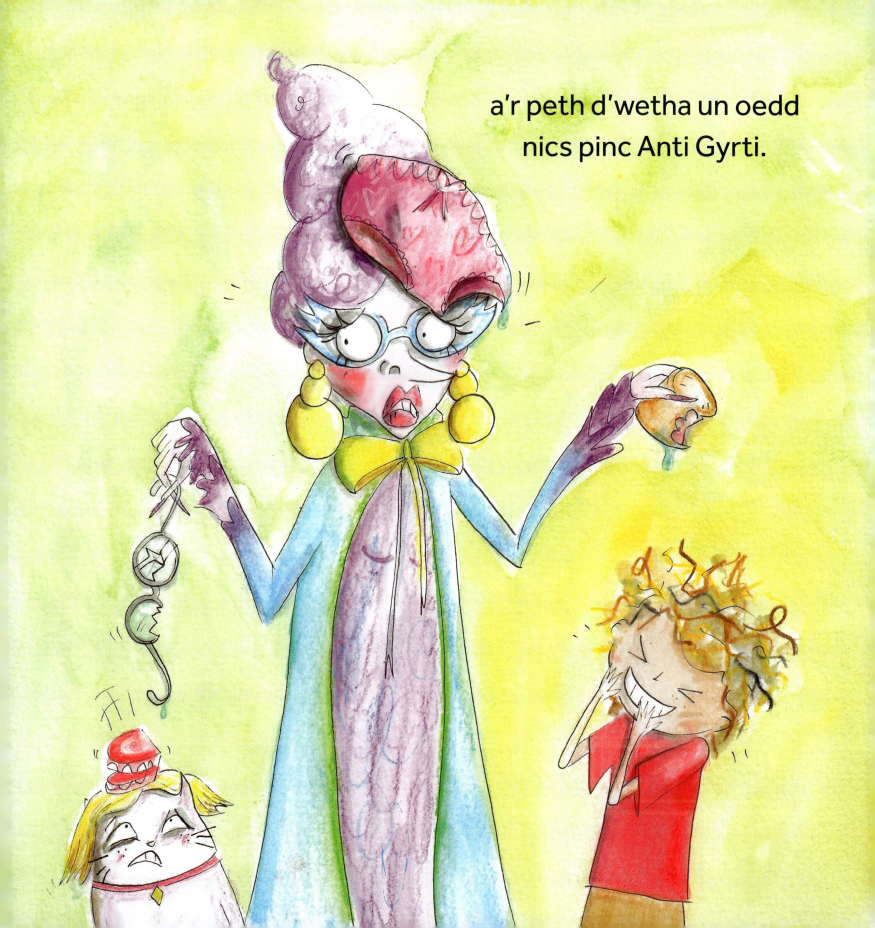

a'r peth d'wetha un oedd nics pinc Anti Gyrti.

Hwrê!

Mae'r ffwlbart 'na'n jiniys, wedi datrys y cwbwl,
a nawr mae'r fuwch yn ffynnon hufen dwbwl.

Felly pan
mae'n ganol nos
ac yn ddu yn y fro,

mae'n **dywyll fel bol buwch**
'dan ni'n ddweud bob tro.